AF202345

Ursula Striepe

MOSES

Aus dem Leben mit einem Hund

Erzählung

www.tredition.de

© 2021 Ursula Striepe
Umschlaggestaltung: Ursula Striepe
Korrektorat: Renate Hauck, Harald Kipp, Harry Springer
Verlag & Druck: tredition GmbH,
Halenreie 40-44, 22359 Hamburg

ISBN
978-3-347-31005-6 (Paperback)
978-3-347-31006-3 (Hardcover)
978-3-347-31007-0 (e-Book)

Für Moses

„Ich geh dann mal mit Moses." Das sage ich inzwischen jeden Tag. Gemeint ist damit, dass ich Gassi gehe. Moses heißt unser Hund. Er hieß schon so, als wir ihn bekamen. Irgendwie passt der Name zu ihm und deshalb sind wir dabei geblieben.

Inhalt

Einleitung

Ich spüre, dass etwas mein Haar berührt und schrecke auf. Es ist mitten in der Nacht. Vielleicht ist es eine Spinne? So große, schwarze Rennspinnen verirren sich öfter ins Haus und ich erinnere mich daran, dass mir schon einmal eine über das Gesicht gelaufen ist. Reflexartig versuche ich dieses Ding mit der Hand abzuschütteln. Weil ich nicht sicher bin, ob es weg ist und vor allem was es gewesen sein könnte, setze ich mich auf und knipse das Licht an. Nur langsam gewöhnen meine Augen sich an die ungewohnte Helligkeit. Der Wecker steht auf halb fünf. Zuerst sehe ich nichts Verdächtiges. Dann kribbelt es an meinem Arm. Dort sitzt ein kleiner, grüner Grashüpfer. Tatsächlich! „Nicht zu fassen", denke ich, „wie kommt der denn hier rein? Und wieso hüpft er nachts herum? Kann er im Dunkeln sehen?" Ich nehme ihn vorsichtig in meine Hand, stehe auf und entlasse ihn durch das offene Fenster in die Nacht.

Ich habe nicht gut geschlafen und bin unruhig. Die Katze ist heute Nacht noch gar nicht durchs Fenster ins Haus und auf mein Bett gekommen. Das ist ungewöhnlich. Misu hat ihre Gewohnheiten, die sie selten ändert. „Vielleicht ist der Grashüpfer zu mir gekommen, um mir Bescheid zu geben, dass sie Hilfe braucht", schießt es mir durch den Kopf. „Dass ich so etwas denke, darf ich aber niemandem erzählen, sonst hält man mich für verrückt." Aber wieso? Vielleicht stimmt es ja doch. Es wäre ja möglich. Niemand hat bisher das Gegenteil bewiesen. Ich ziehe meinen Bademantel über, gehe hinunter ins Erdgeschoss und schnappe mir eine Taschenlampe. Damit und mit Gartenclogs an den Füßen gehe ich hinaus auf den Hof. Moses, unser Hund, schaut mich verschlafen an, folgt mir dann aber schließlich, denn er ist auch ein bisschen Hütehund. Vielleicht ist die Katze mal wieder irgendwo eingeschlossen. Misu musste schon häufiger in der Garage übernachten, weil sie sich dort gern unbemerkt hinein schleicht. Einmal verbrachte sie sogar eine ganz Nacht im Auto.

Egal wohin ich leuchte, gucke und rufe, es rührt sich nichts. Immer wieder habe ich in solchen Situationen Angst, dass der Katze etwas passiert sein könnte, dass sie sich nicht selbst befreien kann. Moses tappt hinter mir her in den Garten. Es ist stockfinster und empfindlich kalt, nur im Schein der Taschenlampe sehe ich den Weg. Auch hier bleibt mein Rufen und Locken unbeantwortet. Keine Katze weit und breit. „Unglaublich", denke ich, „früher hätte ich nie gedacht, dass ich einmal mitten in der Nacht, mit Bademantel und Gartenclogs bekleidet, mit einer Taschenlampe den Weg leuchtend eine Katze im Garten suchen würde." Und ich sehe mich wie ein Gespenst den Weg mit wehendem Mantel zurück schweben, Moses immer an meiner Seite.

Ich lege mich wieder ins Bett, kann aber nicht mehr einschlafen, sondern wälze mich von einer Seite auf die andere. Es wird langsam hell und endlich klingelt der Wecker. Ich stehe auf und gehe noch einmal leicht bekleidet, nach der Katze rufend, hinaus. Wieder ohne Erfolg. Dann, als ich die Haustür gerade schließen will, huscht Misu durch einen Spalt herein. Fordernd miauend dirigiert sie mich ins Badezimmer und springt auf das Waschbecken. Sie will „getränkt" werden. Sie hat einen riesengroßen Durst und ich soll ihn stillen. Also lasse ich kaltes Wasser in meine Handschale laufen und halte sie ihr hin. Dafür, dass wir weder einen Hund noch eine Katze wollten, haben uns beide im Laufe der Zeit ganz gut erzogen.

Ich will keinen Hund

Eigentlich will ich gar keinen Hund. Unsere Tochter liegt mir in den Ohren. Sie möchte so einen kleinen, weißen, quirligen Kuschelhund. Ich lehne ab. „Wenn überhaupt, dann doch eher einen aus dem Tierheim. Kein Tier hat es verdient, lange dort zu bleiben." Das sage ich so leicht dahin und sie wittert ihre Chance. Dann war sie für ein Schulprojekt in einem Tierheim und hat Bilder einer weißen Hündin aus Rumänien mitgebracht, die ganz lieb und zutraulich gewesen sein soll. Ich sage: „Nein, wir haben schon Goldhamster, das reicht und bindet unsere Familie genügend." Für zwei Goldhamster gleichzeitig Pflegefamilien während der Sommerferien zu finden, ist schon schwierig. Aber ein Hund? Den darf man ja nun auch nicht überall mit hinnehmen. Also bleibt es beim Nein. Erst mal.

Monate später liegt eine Stadtteilzeitung auf unserem Terrassentisch mit dem Bild eines Hundes auf der Rückseite. Es ist ein hübsches Tier. Hellbraunes Fell und weiße Pfoten, aufgerichtete Ohren, weiß im Gesicht mit einer dicken schwarzen Nase mittendrin. „Der liebe Moses", lautet die Überschrift. Ich schaue im Vorbeigehen auf das Bild. Immer wieder. Ich glaube, meine Tochter hat die Zeitung bewusst dort abgelegt, denn zu dieser Jahreszeit gehe ich diesen Weg sehr oft nach draußen. Irgendwie habe ich das Gefühl, dass der Hund mich jedes Mal anschaut. Der Artikel handelt vom Tierheim und Moses, der ein neues Zuhause sucht. „Guck mal", sagt meine Tochter, „ein Hund! Ist der nicht süß!?" „Ich will keinen

Hund." „Aber wenn ich mich darum kümmere? Ich verspreche es!" Das würde sowieso nur noch für fünf bis sechs Jahre so sein, dann wäre sie aus dem Haus. Der Hund aber wäre immer noch bei uns und wahrscheinlich würde das „Kümmern" schon eher auf mich zurückfallen. Man kennt das ja, in der Pubertät werden andere Dinge plötzlich viel wichtiger als Haustiere. Doch jedes Mal, wenn ich sein Bild sehe, habe ich den Eindruck, dass er mich immer eindringlicher anschaut. Fast wie in den Geschichten von Harry Potter, in denen die Figuren in den Bilderrahmen ein Eigenleben führen. „Wir können ihn uns ja mal angucken", sage ich leichtsinnig, nachdem ich den Artikel gelesen habe. Moses, als Welpe ausgesetzt, angefahren, operiert und dann im Tierheim abgegeben, war einige Jahre in einer Familie, die ihn nun wieder zurückgebracht hat. Warum bleibt offen.

Wir wollen keinen Hund

Mein Mann will eigentlich auch keinen Hund, aber wir fahren trotzdem mit der ganzen Familie zum Tierheim. Es liegt direkt an einem städtischen Naherholungsgebiet, wo wir danach noch einen Spaziergang planen.

„Den Moses würden wir uns gerne einmal anschauen", sagen wir einer dort tätigen jungen Frau, die uns dann seinen Zwinger zeigt. Der Zwinger ist leer. Nebenan hört man Hunde kläffen und ab und zu sieht man einen Kopf mit flatternden Ohren über den Sichtschutz hinaus ragen. Ich kann verstehen, dass die Hündchen darum buhlen, einen guten Eindruck auf die Besuchermenschen zu machen, damit sie möglichst schnell wieder ein neues zu Hause bekommen. Doch das Kläffen nervt. So einen würde ich nie haben wollen.

Wir fragen nach, wo denn der Moses sei. Wir hätten noch keinen Hund im Zwinger gesehen. „Der schläft bestimmt hinten. Ich guck mal", ist die Antwort und irgendwann kommt ein kniehoher blonder Wuschelhund müde und geduckt durch eine Öffnung, wie ich sie aus Zoos mit Tigerkäfigen kenne, in den vorderen Bereich geschlichen. Wir rufen: „Moses, Moses", doch der Hund interessiert sich nicht für uns, dreht eine Runde und verzieht sich wieder. Auf mich macht er nicht nur einen müden, sondern auch einen frustrierten Eindruck. Eigentlich kein Wunder, bei dem Gekläffe. „Ich habe ihn mir kleiner vorgestellt", sage ich. „Ich nicht", entgegnet meine Tochter.

„Der ist süß." „Möchten Sie einen kleinen Spaziergang mit ihm machen? Ich hole ihn gern.", werden wir gefragt.

Beim ersten Spaziergang durch den Wald, in dem alle Hunde, die im Tierheim weilen, von vielen Ehrenamtlichen regelmäßig ausgeführt werden, blüht Moses regelrecht auf. Ich glaube, er will uns zeigen, wie sehr er sich freut. Stark wie er ist, zieht er einen mannsarmdicken Ast aus dem Gebüsch und schleppt ihn eine Zeit lang mit sich herum. Nur als wir anderen Hunden begegnen, lässt er ihn fallen, knurrt und bellt ab und zu mit tiefer Stimme. Er mag die anderen aus dem Tierheim wohl nicht.

Ich bin mir immer noch nicht sicher ob ich ihn haben will. Obwohl meine Entscheidung schon gefallen sein muss, als ich sein Bild in der Zeitung sah. Unkastrierter Rüde, fünf Jahre alt. Eine hübsche Mischung aus Collie und Schäferhund, oder wahlweise eine Mischung aus Collie und Terrier. Man weiß es nicht so genau. Er hat Charme. Er weiß, dass er Menschen gefällt und wie man sich bei ihnen beliebt macht. Geduckt und unterwürfig geht er vorsichtig schwanzwedelnd auf sie zu und lässt sich seine kuschelige Mähne kraulen. Im Tierheim sagt man uns, dass er nicht so gut verträglich mit anderen Hunden ist. Deshalb will ich auch ein paar Mal allein mit ihm spazieren gehen, was ich ja zukünftig öfter tun müsste, wenn wir ihn dann nehmen würden. Ich möchte ausprobieren, wie er sich mir allein und anderen Hunden gegenüber verhält.

Die ersten Spaziergänge

Einen kleinen, gelben, genoppten Gymnastikball in der Tasche betrete ich mit Moses eine große Wiese, auf der vereinzelt Bäume stehen. Weit und breit ist kein anderer Hund zu sehen. Ich hole den Ball hervor und halte ihn ihm hin. Er schnappt ihn sich sofort, legt sich an der langen Leine unter einen Baum und beginnt den Ball zu zerkauen. „Nicht zerbeißen!", sagte ich, doch ich kann nichts weiter tun, als ihm dabei zuzuschauen. Was würde er machen, wenn ich ihm den Ball wegnehmen wollte? Vielleicht nach mir schnappen? Ich traue mich nicht, ihn zu stören. Zu meinem Entsetzen bemerke ich, dass er die Hälfte des Balles, die mit dem innen liegenden Gummiventil, verschluckt. Als ich an der Leine ziehe, um weiter zu gehen, liegt nur noch ein kläglicher Rest gelben Plastiks auf dem Rasen. Dann hat Moses offenbar Durst bekommen und steuert eine große Pfütze an, aus der er ausgiebig trinkt. „Auch das kann nicht gesund sein", denke ich, und: „na ja, ist ja nicht mein Hund", versuche ich mich emotional abzugrenzen, „das wird der schon vertragen." Ich versuche auf seinen Instinkt und die Selbstheilungskräfte der Natur zu vertrauen.

Beim zweiten Spaziergang mit ihm allein am nächsten Tag, zeigt er sich von einer anderen Seite. Er hüpft an der Langleine fröhlich um mich herum. Als er eine Bank sieht, läuft er sofort darauf zu, so als wolle er mich auffordern, mich dort nieder zu lassen. Ich setze mich und er macht brav Platz neben mir, hechelt und lässt sich streicheln. Von Weitem sehen wir, dass ein Mann und eine Frau zusammen mit einem kleinen, gedrungenen Hund die Wiese betreten. Trotz Leinenpflicht in dieser Stadt ist das mopsähnliche Wesen nicht angeleint und steuert langsam, aber zielstrebig auf uns zu. Moses und ich schauen einfach nur. Ich bin nicht sicher, was passieren würde, wenn der Hund ganz nahekäme. Wie wird Moses reagieren? Ich halte die Langleine vorsichtshalber etwas kürzer. Der Mann und die Frau bleiben stehen und unterhalten sich, der kleine, dicke Hund schreitet unbeirrt bedrohlich voran. Das kann nicht gut gehen. Ich spüre Moses' Anspannung. Er spitzt die Ohren und ein kleines Bisschen sträubt sich sein Fell. Deshalb rufe ich dem Hund zu: „Stopp" und hebe meine Hand wie zu einem Gruß. Ich habe einmal gehört, dass dies ein Kommando ist, dass alle Hunde verstehen. Einen kleinen Moment hält der Hund zögernd an. Dann setzt er sich wieder in Bewegung. Ich bitte daraufhin lautstark, um die Entfernung zu überbrücken, den Mann und offensichtlichen Besitzer des Hündchens, ihn doch bitte zurückzuhalten. Seine Reaktion auf meine Bitte würde ich noch öfter erleben, das wusste ich da aber noch nicht. Er setzt einen erbosten, verständnislosen Gesichtsausdruck auf und schaut mich finster an. Dann ruft er seinen Hund, der natürlich nicht reagiert. Erst nach mehrmaliger Aufforderung ist die Gefahr gebannt und der Hund wackelt zurück. Moses und ich entspannen uns wieder. Auf dem Rückweg zum Tierheim huscht Moses für sein Geschäft unter die Büsche. „Gut erzogen", denke ich und erinnere mich daran, dass der Hund, den wir hatten, als ich Kind war, dies auch immer tat, was wir alle als sehr angenehm empfanden. So gab es nämlich keine Tretminen auf dem Rasen.

Wir wollen Moses

Eine Tierpflegerin macht den Vorschlag, dass wir Moses probehalber für ein paar Tage mit zu uns nach Hause nehmen sollten. So würden wir besser abschätzen können, ob der Hund zu uns passt, denn alle in der Familie müssten einverstanden sein, ihn zu nehmen, sonst würde er ganz schnell wieder zurückgebracht werden, das kenne man schon. Ich halte das für eine gute Strategie, und als wir ihn abholen, zeigt Moses uns auch gleich, dass er ans Autofahren gewöhnt ist. Er hüpft behände ins Fahrzeug und bleibt die ganze Fahrt über ruhig liegen.

Während der Besuchswoche versucht er, uns zu gefallen. Das merken wir sehr deutlich. Er legt sich auf den Rücken und lässt sich ergeben den Bauch kraulen. Er spielt sehr gerne und ausgiebig mit uns im Garten „Ball werfen und hinterher laufen" und wälzt sich freudig im Gras. Beim Spazierengehen schnüffelt er ausgiebig und markiert seine Strecke. Einmal, an einem Begrenzungspfosten, hebt er sein Bein so hoch, dass er umfällt und in einen Graben plumpst. Ein anderes Mal will er schnell weiter, nachdem er am Grünstreifen zwischen parkenden Autos geschnüffelt hat. Er hat jedoch vergessen oder nicht bemerkt, dass vor ihm ein Auto steht, rennt dagegen und stößt sich den Kopf. Doch einem harten Kerl wie ihm macht das offenbar nichts aus. Er schüttelt sich nicht einmal, sondern setzt den Spaziergang unbeirrt fort. Mir wird klar, woher der Ausdruck „Rüde" kommt und was er bedeutet.

Zwei Tage später beginnt Moses plötzlich zu würgen. Ich überlege, ob er vielleicht etwas Unverträgliches gefressen hat. Er würgt sehr, sehr lange und dann plötzlich kommt ein Stück gelbes Plastik mit Ventil zum Vorschein. Es ist das Stück des Gymnastikballs, den er vor ein paar Tagen zerlegt und dessen Teil er verschluckt hatte. „Muss schwer im Magen gelegen haben", denke ich und bin froh, dass die Natur den Lebewesen einen Selbstreinigungsmechanismus mitgegeben hat.

Auf meinen Spaziergängen probiere ich alle Befehle für Hunde aus, die ich kenne. Sitz und Platz zum Beispiel. Moses tut es, aber nicht immer sofort. Man muss es mehrmals sagen. Bei Fuß gehen ist auch nicht seine Stärke, aber er hat schon mal etwas davon gehört. Ich fordere es immer wieder ein. Dann geht er tatsächlich für wenige Meter neben mir her, ohne dass ich die Leine kürzer nehmen muss. Langsam vergrößert er den Abstand, um wieder in seine trabende Gangart zu verfallen, die es ihm erlaubt, vorauszugehen, anzuhalten und in Ruhe zu schnüffeln, um dann wieder aufzuholen.

Nach dieser Woche, wahrscheinlich schon eher, haben wir alle uns entschieden. Wir wollen Moses. Er passt zu uns. Der Leiter des Tierheims ist allerdings nicht so begeistert wie wir. Wir müssen ihn regelrecht davon überzeugen, uns Moses zu verkaufen. Er macht den Hund richtig madig! Moses sei stark wie ein Ochse. Das haben wir schon gemerkt, er kann ganz schön doll ziehen und würde im Winter sicherlich als Schlittenhund taugen. Er sei unsozial.

Anfangs hätte er den Zwinger mit einer Hündin geteilt. Das würde man immer so machen, Hund und Hündin zusammen stecken. Dann, als er, der Leiter selbst, ein Leckerli in den Zwinger warf, hätte Moses sich der Hündin gegenüber absolut asozial verhalten. Er hätte sie sogar noch gezwackt, ja sogar richtig gebissen, als sie bereits am Boden lag und ergeben ihren Bauch zeigte. Warum man als erfahrener Tierheimleiter allerdings ein Leckerli für zwei Hunde, die sich nicht kennen und dort nicht freiwillig wohnen, geschweige denn zusammen sein wollen, in den Käfig wirft, erklärt er nicht.

Moses kommt langsam an

Für den Herbst hat unsere Familie schon lange im Voraus einen Kurzurlaub während der Ferien geplant. Diesen wegen eines Hundes abzusagen, ist keine Option. Wir fragen im Tierheim, ob es möglich wäre, dort den bereits bezahlten Hund für eine Woche unterzubringen. Er würde es da ja schon kennen, auch die Leute, die ihn betreuen, und so müsse er nicht schon wieder irgendwo anders hin. Gegen eine geringe Summe erklärt das Tierheim sich dazu bereit.

Und dann ist es endlich soweit. Moses zieht bei uns ein. Endgültig. Er bekommt einen Platz mit Decke und zeigt sich weiterhin als gut erzogener Hund, zumindest im Haus. Er bettelt nicht am Tisch und nervt auch sonst nicht herum. Wenn es an der Tür klingelt, bleibt er still. Er akzeptiert im Haus räumliche Grenzen. Jeden Besucher begrüßt er freundlich und lässt sich kraulen. Im Garten spielt er gerne mit einem Ball. Apportieren klappt jedoch nicht so gut, denn er holt den Ball zwar, gibt ihn aber nicht wieder her. Er ist der Herr der Bälle. Nur manchmal, nachdem man lange gewartet hat, wirft er einem gnädig den Ball vor die Füße. Er gibt die Ballspielregeln vor. Moses liebt es auch, wenn man versucht, ihm den Ball abzujagen. Und er ist ein verdammt guter Torwart, was sicher damit zu tun hat, dass er vorher fast fünf Jahr lang in einer Familie mit vier Jungs gelebt hat. Offenbar waren alle fußballvernarrt und Moses ein virtuoser Mitspieler. Warum sie diesen schönen, freundlichen Hund wieder abgegeben haben, bleibt uns verborgen.

Langsam entwickelt sich ein Rhythmus mit Moses. Morgens früh joggt mein Mann und nimmt ihn mit. Mich beruhigt das sehr, denn oftmals ist es noch dunkel, wenn sie losgehen. So ein großer Hund, auch wenn er sehr menschenfreundlich ist, bringt mir doch ein Gefühl von Sicherheit, wenn der Ehepartner in aller Herrgottsfrühe im Dunkeln in einem Park um einen See herum läuft. Moses hat also morgens bereits eine schöne Gassi- und Trainingsrunde hinter sich. Tagsüber spielen wir im Garten und abends wechseln meine Tochter und ich uns mit dem Gassigehen ab. Zwischenzeitlich liegt der Hund dösend auf dem Hof. Amseln hüpfen dicht an ihm vorbei, aber das interessiert ihn nicht. Er bekommt eine eigene Hütte, strategisch so aufgestellt, dass er als Hund mit Hütehundgenen alles im Blick haben kann. Jeder Besucher ist ihm willkommen. Einen Schutz gegen ungebetene Gäste gibt er nicht ab, das ist klar.

Moses bellt nur beim Spielen, wenn er den Ball haben will, oder vor Freude, wenn es losgeht zum Gassigehen. Dann dreht er sich manchmal im Kreis wie ein Zirkushund. Er bellt auch, wenn ein ihm unsympathischer Hund auf der Straße vor unserem Haus vorbei geht, aber nur wenig und mit ganz tiefer Stimme, die deutlich macht, wessen Revier hier gestreift wird.

Ich finde, dass Moses es bei uns ganz gut getroffen hat. Wir sind zwar nicht so viele, wie er von seiner alten Familie her kennt, aber wir freuen uns über ihn, laufen und spielen mit ihm und nehmen ihn immer mit, wenn wir wegfahren. Im Sommer verbringe ich bei schönem Wetter häufig meine Mittagspause im Garten. Moses begleitet mich, spielt ein bisschen mit dem Ball und legt sich dann fürsorglich neben meinen Liegestuhl. Für uns alle ist es ein Gewinn freudig begrüßt und offenbar bedingungslos geliebt zu werden. Moses zeigt eine ungeheure Lebensfreude und steckt uns mit seiner guten Laune an.

Im Laufe des ersten Jahres, das er bei uns lebt, habe ich jedoch manchmal den Eindruck, dass er auch ein wenig traurig ist. Er hält beim Spaziergehen häufig Ausschau nach Menschen mit ihm vertrauten Bewegungsmustern, vor allem bei Jungs und jungen Männern ist er sehr aufmerksam. Moses ist sehr mager als wir ihn bekommen, was man allerdings nicht sieht, denn er hat viel und dickes Fell. Erst als wir ihn das erste Mal waschen und das nasse Fell an ihm klebt, sehen wir, wie knochig er ist und dass man seine Rippen zählen kann. Im Tierheim gab es nur Trockenfutter und Moses hat offenbar gerade genug gefressen, um nicht zu verhungern. Bei uns nimmt er im Laufe der Zeit etwas zu, verfressen ist er jedoch nicht. Einmal am Tag Futter zu bekommen, reicht ihm und einmal in der Woche legt er freiwillig einen Fastentag ein. Das ändert sich erst viel später.

Abenteuerliche Spaziergänge

Anfangs sind die Abendrunden mit Moses sehr abenteuerlich, je nachdem, wann wir losgehen. Es wohnen nämlich viele Hunde in der Nachbarschaft, was ich vorher gar nicht wusste. Und je nachdem, welche Hunde wir treffen, sind die Begegnungen völlig harmlos und nett bis hin zu sehr angespannt oder schwierig.

Golden Retriever mag Moses beispielsweise nicht leiden. Das ist sehr schnell deutlich geworden, weil wir häufig einer Frau begegnen, die mit ihrem schon sehr alten, massigen Retriever langsam ihre Runden dreht. Langsam deshalb, weil der Hund Arthrose hat, wie sie mir einmal über die Straße hinweg zurief. Wenn Moses und ich unseren Weg entlang in Richtung Hauptstraße gehen, kann man den Fußweg an der Straße wegen einer hohen, dichten Hecke nicht einsehen. An Moses Reaktion erkenne ich jedoch schon vorher, dass sein spezieller Freund gerade dort sein muss. Hunde riechen sich offenbar über weite Strecken hinweg. Wir bleiben dann stehen und sehen nach kurzer Zeit das Frauchen, welches das Halsband ihres Retrievers mit dem Hund daran über die Straße zieht. Der Hund hat seinen Kopf in unsere Richtung gedreht und schaut, knurrt und bellt und würde am liebsten zu uns humpeln, um irgendwas zu machen. Moses knurrt und bellt und würde auch am liebsten zu seinem Feind laufen, um ihm zu zeigen, wo der Hammer hängt. Ich halte ihn aber immer gut fest.

Auf derselben Straße begegnen wir häufiger zwei Collies, die schon von Weitem beginnen, laut zu bellen. Moses schnüffelt noch ausgiebig und scheint sie nicht wahrzunehmen, doch wahrscheinlich tut er nur so, denn irgendwann reicht es ihm. Er knurrt und bellt zurück. Ich glaube, wenn er könnte, würde er ohne nach links und rechts zu gucken über die Strasse laufen und die Rangordnung klären.

Es gibt noch einen weiteren Hund, den Moses offenbar so gar nicht leiden kann, was auch in diesem Fall auf Gegenseitigkeit beruht. Es handelt sich um eine Art Jagdhund, halb so groß wie Moses und in den typischen Farben weiß, braun und schwarz, allerdings mit Ringelschwanz. Wir begegnen ihm und seinem Herrchen öfter. Wir Hundehalter kommen aber, die Hunde kurz haltend, auf gegenüberliegenden Straßenseiten, friedlich aneinander vorbei. Nur einmal kommt es anders.

Moses und ich wollen gerade in eine Nebenstraße abbiegen, als wir erst in der Kurve bemerken, dass uns dieser Ringelschwanzhund mit seinem Herrchen entgegenkommt. Moses regt sich sofort auf, bellt und zieht wild an der Leine in seine Richtung. Der andere tut das Gleiche. Gerade als ich Moses kürzer nehmen will, geht er so weit gebeugt zurück, dass sein Halsband über seinen Kopf rutscht und er plötzlich und für mich völlig unerwartet frei ist. Fassungslos starre ich auf die Leine mit dem leeren Halsband in meiner Hand. Wie konnte das geschehen? Moses rennt währenddessen mit einem Affenzahn auf den anderen Hund zu und als er ihn erreicht hat, bilden beide sofort ein wütend knurrendes und jaulendes Knäuel. Dies alles geschieht innerhalb weniger Sekunden. Uns Menschen bleibt keine Zeit zum Nachdenken. Der „Jagdhund" ist noch angeleint, sein Herrchen zerrt an der Leine und geht mutig zwischen die beiden Kampfhähne. Moses lässt von seinem Gegner ab und läuft mehrere Meter weit davon. Als ich leicht hysterisch hinter ihm her kreische, bleibt er zum Glück stehen. Ich kann immer noch nicht begreifen, dass er sich befreien konnte und zittere am ganzen Körper. Das macht es mir nicht leicht, dem Hund das Halsband wieder umzubinden und es etwas enger zu stellen. Ich habe Angst, dass er ein zweites Mal abhauen könnte um sich zu raufen, bevor ich ihn festgemacht habe.

Kaum habe ich es geschafft, das Halsband wieder um zu legen, droht schon die nächste Gefahr. Uns kommen um eine weitere Ecke zwei Rhodesian Ridgeback entgegen. Die beiden, eine Hündin und ein Rüde, wohnen uns schräg gegenüber. Die Hündin geht immer angeleint, denn sie ist die Aggressivere von beiden. Der Rüde, auch er ist nicht kastriert, guckt meistens etwas unbedarft in die Gegend und läuft frei. Moses mag ihn nicht. Und die Hündin mag Moses nicht. Zum Glück habe ich Moses gerade wieder an der Leine und rede ein paar ernste Worte mit ihm. Er ist ganz beschämt ob seines Ausbruchs und gibt sich unterwürfig. Da die ganze Atmosphäre jedoch immer noch aufgeheizt ist, will ich keine weitere Konfrontation riskieren und rufe dem Herrchen winkend zu, dass er bitte noch einen Moment mit seinen Hunden stehen bleiben soll. Denn diese Situation ist überhaupt nicht geeignet, an den beiden afrikanischen Löwenfängerhunden vorbei gehen zu müssen. Das Herrchen mit dem „Jagdhund" ist, nachdem sein Hund unverletzt schien, bereits weiter gegangen und Moses und ich kehren in dieselbe Richtung um und eilen schnellen Schrittes zurück. Ich bin gerade dabei mich wieder etwas zu beruhigen, als wir in die Kurve der Straßenführung einbiegen. Und dann ich traue meinen Augen nicht. „Das kann nicht wahr sein ...", denke ich, „was ist heute bloß los?", denn ich sehe einen jungen Mann auf einem Fahrrad zügig heran fahren. Neben ihm her rennt ein weißer Schäferhund. Der Hund ist angeleint und ich habe Eindruck, dass er das Fahrrad, das sich etwas zur Seite neigt, eher zieht, als dass der Fahrer selbst in die Pedale tritt. Eigentlich ist klar, dass eine Begegnung nicht gut gehen kann, doch alles geht wieder so schnell, dass keine Zeit zum Nachdenken bleibt. Ich halte Moses dicht neben mir und dränge ihn an die Seite. Der Schäferhund hetzt bellend und zu uns ziehend an uns vorbei in Richtung der beiden Rhodesian Ridgebacks. Ich mag mir nicht ausmalen, was geschehen könnte, wenn der Fahrer mit dem Rad umfiele. Der Hund ist jung und stark. Doch wie durch ein Wunder geschieht nichts weiter. Ich höre nicht einmal Gebell. Weil ich mich immer noch nicht wieder beruhigt habe und mein Herz rast, will ich gar nicht wissen, wie Hunde und Menschen aneinander vorbei gekommen sind. Ich habe die Nase gestrichen voll und ziehe Moses weiter nach Hause, ohne mich einmal umzudrehen. Dort brauche ich erst mal eine Zeit lang Ruhe, um mich von den vielen Schrecken zu erholen.

Ein völlig normaler Hund

Entspannt sind die Spaziergänge mit Moses also nicht immer. Jedenfalls kaufen wir ihm nach dieser Episode ein Hundegeschirr, aus dem er sich nicht so schnell befreien kann. Damit fühle ich mich beim Gassigehen sicherer. Grundsätzlich habe ich mir das mit Moses aber anders vorgestellt. Eine meiner Freundinnen hatte mal einen Australien Shepherd, der sehr gut erzogen war. Diese Hündin war hin und wieder für einige Wochen bei uns zu Besuch. Die Spaziergänge mit ihr waren sehr angenehm entspannt. Sie lief problemlos ohne Leine, hörte aufs Wort und ignorierte andere Hunde einfach. Ähnliches habe ich von Moses auch gehofft, mir wird jedoch schnell klar, dass das wohl nichts wird. Daher entwickele ich im Laufe der Zeit Strategien, die die Gassirunden für mich kalkulierbarer machen. Wenn wir unser Grundstück verlassen, überblicke ich erst mal die Straße und beobachte schon von Weitem die uns entgegenkommenden Leute. Haben sie einen Hund dabei, biege ich vorher in eine Nebenstraße ab oder wechsle die Straßenseite. Und ich bekomme heraus, welche Uhrzeit für friedliche Spaziergänge am besten geeignet ist. Zwischendurch bin ich mit Moses bei zwei Hundetrainerinnen angemeldet. Die eine prüft mit einem Plüschhund, ob Moses ein normales Verhalten anderen Hunden gegenüber zeigt. Die andere stellt fest, dass Moses auf „Klicker" reagiert, was bedeutet, dass er bei einem früheren Hundetraining auch mit akustischen Signalen konditioniert worden ist. Mehr kommt dabei nicht heraus. Er scheint ein völlig normaler Hund zu sein.

Einen Tipp hat die Hundetrainerin noch für mich. Ich soll mir eine kleine Plastikflasche besorgen, die ich mit Wasser gefüllt auf Spaziergängen immer bei mir tragen kann. Wenn Moses ungehorsam ist, soll ich ihm ein paar Spritzer Wasser auf die Nase geben. Dann würde er sofort aufhören und sich merken, das dies immer geschieht, wenn sein Verhalten nicht in Ordnung ist. Ich besorge mir also so eine Flasche und trage sie in meiner Jackentasche griffbereit immer mit mir. Obwohl wir aufgrund meiner Terminplanung nicht so vielen Hunden begegnen, ist es trotzdem einmal so weit, dass sie zum Einsatz kommt. Erst habe ich große Hemmungen, meinem Hund Wasser ins Gesicht zu spritzen. Es kostet mich einige Überwindung, denn ich glaube, dass er mir das nie verzeihen wird. Aber weit gefehlt. Die Aktion zeigt tatsächlich Wirkung und Moses bringt die Wassertropfen offenbar gar nicht mit mir in einen Zusammenhang. Jedenfalls ist er zu mir genauso vertrauensvoll und lieb wie vorher.

Ich setze dieses Instrument sehr selten ein, Moses ist inzwischen etwas ruhiger und gehorsamer geworden. Aber einmal half mir dieses Mittel bei einem fremden Hund. Im Halbdunkel kam ein Boxer auf uns zu. Sein Frauchen war weit entfernt und rief und rief ihn, aber der Boxer war entweder taub oder dachte nicht im Traum daran stehen zu bleiben und umzukehren. Auch als ich ihn streng aufforderte, „ab" zu gehen, hielt er nur kurz inne. Deshalb zog ich das

Fläschchen hervor und bespritzte ihn mit Wasser. Die Halterin war entsetzt. Sie wusste ja nicht, dass ich nur mit Wasser hantierte. Aber die Aktion zeigte Wirkung. Ihr Hund verlor daraufhin schnell das Interesse und drehte um.

Hier wohnt Moses

Unser Garten ist zur einen Seite durch eine Thuja-hecke vom Nachbargrundstück getrennt. Zur anderen Seite hin gibt es einen Zaun. Damit Moses sich tagsüber frei auf dem Grundstück bewegen kann, muss nur noch die Einfahrt gesichert werden. An dem Tag, als mein Mann dabei ist, das Tor aufzubauen, geht unsere Nachbarin mit ihren beiden afrikanischen Löwenfängerhunden auf der Straße an unserem Haus vorbei. Moses, der das Kommen der beiden offenbar schon lange vorher gerochen hat, drängt sich rüde zwischen das halb fertige Tor hindurch und an meinem Mann vorbei, stürmt auf die Straße und beißt den Rüden kurzerhand in die Kimme. Zum Glück ist nicht mehr passiert. Der Rüde hat sich zwar gewehrt, aber Moses hat durch sein langes Fell einen entscheidenden Vorteil. Seine Gegner haben meistens nur Haare zwischen den Zähnen. Die erste jährliche Zahlung unserer Hundeversicherung geht sogleich an den Tierarzt. So lustig das auch klingt, wir haben grundsätzlich kein Interesse daran, dass unser Hund sich Duelle mit anderen liefert.

Die Hecke zum Nachbargrundstück weißt einige kleine Lücken auf. Moses akzeptiert die Grenze aber. Außerdem ist er für ein leichtes Durchkommen viel zu groß.. Doch als das Nachbarhaus eine Zeit lang leer steht, also auch im Garten nichts los ist, schlüpft Moses eines Tages irgendwie hindurch und landet nebenan. Anstatt denselben Weg zurückzunehmen, geht er durch die offene Einfahrt des Nachbarn auf die Straße und versucht von dort aus wieder auf unser Grundstück zu gelangen. Das geht natürlich nicht, weil wir ja bereits eine Pforte haben. Ich wundere mich nur ein wenig über mich selbst, weil ich im Augenwinkel aus dem Küchenfenster heraus eine Hunderute in unserer Einfahrt vor dem neuen Tor wahrnehme, die wie die von Moses aussieht. Weil ich aber denke, dass unser Hund sich auf dem Hof befindet, glaube ich an eine Täuschung. Erst als auf der Straße aggressives Hundegebell und Menschengeschrei zu hören ist und es anschließend an unserer Haustür klingelt, wird mir klar, dass meine Sinne mir keinen Streich gespielt haben. In der Einfahrt war wirklich Moses. Die Nachbarin, der die beiden Rhodesian Ridgebacks gehören, hält Moses am Halsband und sagt, dass er aus unserer Einfahrt heraus auf ihre beiden Hunde zu gestürmt wäre. Glücklicherweise konnte sie Schlimmeres verhindern. Und Moses hat auch mal wieder Glück gehabt, es hätte nämlich auch ein Auto kommen können, das er sicher nicht beachtet hätte.

Hart, sanft und ängstlich

Moses hält uns ganz schön auf Trab. Ich kann ihm jedoch nie böse sein. Vielleicht liegt es daran, dass er so ein hübscher und ausdrucksstarker Hund ist und sehr lieb gucken kann. Oder weil er uns seine Liebe so unverblümt zeigt und sich häufig kuschelnd an uns schmiegt. Vielleicht liegt es aber auch an seinem kindlichen Gemüt. Ich merke häufig, dass Hunde in ihrer geistigen Entwicklung tatsächlich manchmal vergleichbar mit dreijährigen Kindern sind. Sie begreifen bestimmte Dinge einfach nicht. Einem Hund erschließt sich nicht, warum er an einer Straßenkreuzung anhalten soll. Er muss es einfach nur tun, wenn der Mensch es sagt, oder Glück haben, um nicht überfahren zu werden. Einem Kind kann man das erklären und davon ausgehen, dass es das irgendwann versteht. Moses folgt nur seinen Instinkten. Das kann ich ihm nicht übel nehmen. Er ist jedoch lernfähig und stets bemüht zu entsprechen. Sein Eigensinn kommt ihm nur hin und wieder dazwischen, wenn es um andere Hunde geht. Deshalb würden wir mit ihm nie einen Hundeführerschein bekommen und er muss beim Gassigehen immer angeleint sein. Das jedoch scheint ihm nichts auszumachen. Wir haben eine aufrollbare Langleine, die ihm genug Freiraum beim Spazierengehen gibt.

Moses erweist sich als ein sehr geduldiger Hund. Er kann warten und warten, wenn wir entweder nicht verstehen oder nicht verstehen wollen, was er will, weil wir gerade keine Zeit oder Lust haben. Auch das kommt mal vor. Und er ist sehr sensibel.

Sobald die Stimmung etwas angespannter oder gar traurig ist, kommt er und bietet sich zum gestreichelt werden an, was den Streichelnden besänftigt oder tröstet.

Nun ist es aber nicht so, dass Moses sich mit keinem anderen Tier versteht. Er mag sogar Hunde. Am liebsten Hündinnen, die lieb, verspielt und unterwürfig sind. An zweiter Stelle stehen Igel, denen wir auf unseren Spaziergängen im Herbst manchmal begegnen. Dann läuft er zu ihnen und schnuppert vorsichtig, freudig mit dem Schwanz wedelnd an den stacheligen Kugeln auf dem Rasen. Er findet das bissige Kaninchen der Nachbarn, das wir kurze Zeit in Pflege haben, sehr nett und unsere Goldhamster gehören für ihn auch zum Rudel. Sie dürfen sogar auf ihm in seinem puscheligen Fell herum krabbeln. Eine Freundin warnt mich, ich solle aufpassen, mit einem Happs wäre so ein kleiner Hamster weg, eine schöne Zwischenmahlzeit für den Hund. Moses jedoch schnuppert nur einmal kurz an ihnen, dann lässt er sie gewähren. Ich muss eher darauf Acht geben, dass sich die Hamster nicht aus dem Staub machen und unter Schränken verschwinden.

Moses ist ein harter Kerl und dominanter Rüde, das ist klar geworden, aber er hat auch eine ganz andere Seite, eine, die man gar nicht vermutet und die gar nicht zu ihm passt. Manchmal ist er nämlich ein ganz schöner Angsthase. Sobald irgendwo im Hintergrund ein knallähnliches Geräusch zu hören ist und es bereits dämmert, möchte er sich am liebsten verkriechen. Silvester und die Tage davor und danach, an denen schon oder noch der eine oder andere Knaller losgelassen wird, sind eine Qual für ihn. Er traut sich kaum raus und will auch nicht Gassi gehen. Er kommt dann ganz tief in die Menschenhöhle hinein, also in unser Wohnzimmer. Dass dieses vom Grundriss her näher an der Straße liegt, auf der geknallt wird, kann er als Hund ja nicht wissen. Nun muss er aber doch ab und zu mal vor die Tür, und sei es nur, um kurz das Beinchen zu heben. Im Winter verlagern sich die abendlichen Runden deshalb auf den Nachmittag, wenn es noch hell ist. Aber auch dann bleibt Moses skeptisch und läuft nicht so unbefangen voraus wie sonst. Das erste Silvester, das wir mit ihm erleben, ist ziemlich dramatisch. Wir haben Besuch von einem Freund und machen zusammen einen langen Spaziergang. Als es dunkel wird, knallt es irgendwo und Moses bleibt wie angewurzelt stehen. Er ist weder durch gutes Zureden noch durch Ziehen an der Leine dazu zu bewegen, weiter zu gehen. Unser Freund nimmt den Hund schließlich kurzer Hand auf die Schulter und trägt ihn eine lange Strecke nach Hause, was bei einem Hund mit seiner Größe und fünfundzwanzig Kilo Gewicht kein leichtes Unterfangen ist.

Rudelzuwachs

Nachdem das erste, aufregende und auch anstrengende Jahr mit Moses vergangen ist, gibt es eine Veränderung. Moses ist anscheinend endlich richtig bei uns angekommen. Ich habe auf einmal den Eindruck, dass er nicht mehr traurig ist. Anfangs hat er auf Spaziergängen ja immer mal wieder nach Menschen mit ihm bekannten Bewegungsprofilen Ausschau gehalten. Er vermisste seine alte Familie. Doch auf einmal ist das vorbei und Moses verhält sich viel entspannter. Er ist glücklich mit uns, seiner neuen Familie, das sieht man ihm an. Wir nehmen ihn überall mit hin, wo es möglich ist und wo er zurechtkommt. Große Menschenansammlungen oder der belebte städtische Bereich sind nicht nur für ihn zu anstrengend. Aber da wir am Stadtrand leben, einen großen Garten haben und häufig in die Lüneburger Heide fahren, wo es viel Freiraum gibt, hat er ein schönes Umfeld. Unsere Urlaube stellen wir auf ihn ein. Er liebt das Wasser und wir fahren meist einmal im Jahr nach Dänemark, wo man Hunde gut mit hinnehmen kann.

Und dann kommt Misu in unseren Haushalt. Misu ist eine Katze. Sie gehört unserem zweiten, inzwischen erwachsenen Kind, das in einer Wohngemeinschaft lebt. Wie auch andere hat diese Wohngemeinschaft eine kurze Halbwertzeit und löst sich auf. Die Katze kann nicht in die neuen Räume mitgenommen werden. Also wohin damit? Sie ist zwei Jahre alt und bisher nur an ein Leben in geschlossenen Räumen gewöhnt. Wir fragen überall herum, denn sie soll nicht ins Tierheim, sondern lieber bei Menschen untergebracht werden, wo sie es sicher gut haben wird. Diese Menschen sind dann wir, denn auf die Schnelle lässt sich kein neues zu Hause finden. Als Wohnungskatze, die ihre vertraute Umgebung verlassen muss, hat sie erst einmal Angst vor fast allem. Vor Moses sowieso und vor dem großen Draußen erst recht. Aber wenn sie bei uns leben soll, muss sie sich daran gewöhnen und Freigänger werden. Moses ist ganz angetan von ihr. Sie gehört für ihn sofort zum Rudel und er möchte immer gerne an ihr schnüffeln. Ihr gefällt das nicht so gut und sie zeigt ihm schnell die Grenze. Fortan ist Moses noch vorsichtiger. Er ist wirklich ein sehr sensibler Hund. Er lässt ihr Zeit und Raum und stört sich auch nicht daran, dass sie sich einfach auf seinem Platz breitmacht. Die beiden kuscheln zwar nicht miteinander, was wir gerne sehen würden, aber sie respektieren sich und ab und zu können wir den bezaubernden Momenten beiwohnen, in denen sie sich gegenseitig mit ihren Nasen anstupsen.

Mir fällt auf, dass Moses sich im Haus sehr vorsichtig bewegt. Er will offenbar nichts umwerfen oder gar kaputtmachen. Wir wissen ja nicht, welche Erfahrungen er in seinen ersten fünf Lebensjahren gemacht hat, aber vor Wäscheständern und aufgespannten Regenschirmen hat er großen Respekt. Sobald er das Gefühl hat, einem Gegenstand zu nahe gekommen zu sein, quiekt er kurz und hüpft schnell zur Seite. Misu, unser neues Familienmitglied, hat sich sehr schnell an ihre neue Freiheit gewöhnt und macht uns deutlich, wenn sie hinaus will. Die meisten Türen öffnet sie mit Sprüngen auf die Klinken, aber die Terrassentür hat einen Hebel, den sie nicht umlegen kann. Sie setzt sich dann vor die Tür und berührt die bis zum Boden reichende Glasscheibe von oben nach unten sanft mit ihrer Tatze. Das Gleiche tut sie, wenn sie wieder ins Haus will. Ich dachte ja, dass ein erwachsener Hund irgendwann nicht mehr lernfähig sei. Moses beweist mir das Gegenteil. Er macht es Misu nach und immer wenn er rein oder raus möchte, hebt er seine Pfote von oben nach unten. Nur kann er nicht so sanft sein wie die Katze. Er ist auch etwas unkoordinierter in seiner Bewegung mit der Pfote und zerkratzt die Wand neben der Tür. Zum Glück ist es nicht so schwer, ihm deutlich zu machen, dass dieses Verhalten unsererseits nicht erwünscht ist. Tatsächlich ist er jetzt wesentlich vorsichtiger und deutet die Bewegung nur noch an.

Moses ist unschuldig

Es ist ein wunderschöner Spätsommertag. Die Sonne scheint, es ist warm und Wochenende, deshalb schlafen wir etwas länger. Alle Aktivitäten verschieben sich nach hinten. So auch die Joggingtour meines Mannes mit Moses. Ich arbeite bereits im Garten, als die beiden abgekämpft zurückkommen. Moses steht steifbeinig erschöpft und hechelnd auf dem Hof. Er rührt sich nicht mehr von der Stelle. „Moses ist gebissen worden", sagt mein Mann. „Ist aber nicht schlimm, glaube ich." „Was? Wo denn?" Ich gehe zu dem Hund und schaue mir die Stelle an der rechten unteren Bauchseite an. Auf den ersten Blick ist nicht viel zu erkennen, denn Moses hat sehr dickes Fell, auch am Bauch. Die Stelle ist von Haaren überdeckt. Aber dann sehe ich, dass er tropfend blutet und weiß, dass das nicht so bleiben kann. Während ich über das Internet einen Tierarzt suche, der am Wochenende geöffnet hat, höre ich die ganze Geschichte. Die Gegend rund um den Park, in dem mein Mann und Moses regelmäßig ihre Runden drehen, ist Naturschutzgebiet mit Leinenpflicht. Ein nicht übersehbares Schild, von dem mein Mann schlauerweise ein Foto gemacht hat, weist die Besucher darauf hin. Das hindert viele Leute natürlich nicht daran, ihre Hunde trotzdem frei laufen zu lassen. So auch im Fall dieser Beißattacke. Ein harmlos wirkender, mit Menschenfamilie vorbeilaufender Hund drehte kurzerhand um und fiel Moses ohne Vorwarnung von hinten an. Es gab einen Kampf, Moses hatte sich natürlich gewehrt, aber er war angeleint. Mein Mann sagt, dass der andere Hund sich richtig in Moses Bauch festgebissen hatte und man ihn erst gar nicht losbekam. Es war jedoch kein Kampfhund, sondern ein schwarzer Labrador, der so etwas noch nie gemacht hätte, wie die Halterin beteuerte. „Das sagen sie immer", denke ich. Glücklicherweise hat mein Mann von der Halterin eine Adresse mit Telefonnummer bekommen. Nachdem ich einen Tierarzt ausgemacht und telefonisch kontaktiert habe, hieven wir Moses, der deutlich geschwächt ist, ins Auto und ich fahre einmal quer durch die Stadt. Nach einer kurzen Untersuchung ist klar, dass die sehr tiefe Wunde genäht und der Hund dafür narkotisiert werden muss. In meinen Armen schläft er ein und sackt zusammen. Alles geht sehr schnell. Nach der Kurz-OP trottet Moses, noch leicht benebelt, neben mir her zum Auto zurück. Die Wunde soll regelmäßig kontrolliert werden. Das bedeutet, dass ich in der folgenden Woche häufiger meine Arbeit ruhen lassen und mit dem Hund zu einem Tierarzt fahren muss. Mal ganz abgesehen von der psychischen Belastung, ist das keine schöne Aussicht und erfordert viel Organisation.

Die Heilung schreitet nicht gut voran. Die Wunde nässt und es bildet sich eine Beule, die regelmäßig punktiert wird. Moses gefällt das nicht. Mir auch nicht. Ich leide jedes Mal mit, wenn ohne Narkose oder lokale Betäubung in die Beule hinein gepiekt und Wundflüssigkeit abgezogen wird. Aber Moses ist tapfer. Erst nach mehreren Wochen wird und bleibt die Beule so flach, dass man nichts mehr unternimmt. Die Arztrechnungen reichen wir fleißig bei der Versicherung der anderen Hundehalterin ein. Es läppert sich inzwischen eine ganz nette Summe zu-sammen. Doch das dicke Ende soll noch kommen.

Moses muss es schaffen

Anfang Dezember bemerken wir bei Moses eine Verhaltensänderung. Er ist nicht mehr so lebhaft wie sonst, aber das kann auch mit seinem Alter zu tun haben. Immerhin hat er als großer Hund schon neun Jahre auf dem Buckel. Er ist nie verfressen gewesen und es macht ihm gar nichts aus, wenn man ihn anfasst, während er frisst oder ihm sogar den Napf wegnimmt. Doch auf einmal hat er kaum noch Appetit. Auch sein Fell sieht anders aus, irgendwie stumpf. Und er sitzt so komisch, anders als sonst, etwas schief und hat er keine große Lust aufzustehen. Ein im Stadtteil ansässiger Tierarzt tippt auf Schmerzen in der Hüfte. Das sei typisch für Hunde, die dem Schäferhund ähnlich sind, obwohl Moses bei einem Probespaziergang, der vom Arzt beobachtet wird, locker und flockig wie immer läuft. Man empfiehlt mir eine Magnetwellentherapie, dreimal wöchentlich á zehn Minuten. Damit hätte man sehr gute Erfahrungen gemacht. Natürlich privat zu zahlen.

Ebenso wenig wie ich mir vorstellen kann, dreimal wöchentlich für eine zehnminütige Behandlung mit meinem Hund in die Tierarztpraxis zu fahren, glaube ich in diesem Fall an die heilsame Wirkung durch Magnetwellen. Ich habe das Gefühl, dass es irgendetwas mit der vorangegangenen Beißattacke zu tun haben könnte. Hundebisse sind hochinfektiös und Moses hatte eine sehr tiefe Wunde, die schlecht verheilte. Ich fahre mit Moses und ein paar homöopathischen Kügelchen in der Tasche erst mal wieder nach Hause und beobachte ihn weiter.

Der Hund ist krank, das wird immer deutlicher. Irgendwann lässt er die Ohren hängen und hockt nur noch halb sitzend, halb liegend auf seinem Platz. Sein Blick ist trüb und die Nase ganz trocken. Es ist kurz vor Weihnachten und höchste Zeit, etwas zu unternehmen. Unverzüglich tragen wir den Hund, der nicht einmal mehr laufen kann, zum Auto und ich rase in eine Tierklinik mit Notarzt. Dort bekommt Moses gleich eine Infusion, die sein Wohlbefinden sofort so steigert, dass er am liebsten flugs wieder weg will. Der junge Tierarzt, der ihn untersucht und sich die Vorgeschichte anhört, hat die glorreiche Idee, eine Ultraschalluntersuchung vorzunehmen. Und damit landet er einen Volltreffer, denn in Moses' Bauch hat sich nahe der Bissverletzung ein riesengroßes Geschwür gebildet. „Das muss raus", sagt der Tierarzt. „Okay, wann sollen wir wiederkommen?", frage ich. „Der Hund muss gleich hierbleiben. Er ist sehr stark geschwächt und nicht mehr der Jüngste. Da können wir nicht lange warten." Ich bin geschockt. Den Hund hier lassen, mich jetzt sofort von ihm trennen, damit habe ich nicht gerechnet. „Wie stehen seine Chancen?", wage ich vorsichtig zu fragen. „Ich würde sagen Fifty/Fifty", ist die Antwort. Das schockiert mich gänzlich und ich bin völlig fertig. Ich verabschiede mich dann von Moses und rede ihm gut zu. Wie in Trance fahre ich nach Hause.

Wir sind alle sehr angespannt. Niemand hat damit gerechnet, dass ich den Hund nicht wieder mitbringen würde. Und „Fifty/Fifty" ist keine Prognose, die uns ruhig schlafen lässt.

Es ist schon erstaunlich, wie sehr man sich an ein Haustier gewöhnen und wie stark die emotionale Verbundenheit sein kann. Manchmal in bestimmten Situationen habe ich den Eindruck, dass es so etwas wie Gedankenübertragung von den Tieren zu mir gibt. Dann träume ich nachts von ihnen und wache auf, weil ich glaube, sie hätten mich gerufen. Meist stehe ich dann auf und schaue nach ihnen. Häufig ist tatsächlich etwas nicht in Ordnung.

Am nächsten Tag habe ich das Gefühl, nicht ein Auge zu getan zu haben. Ich denke nur an Moses und versuche nun meinerseits mental Kontakt mit ihm aufzunehmen. Wie ein Mantra wiederhole ich immer wieder, dass er stark ist und es schaffen wird. Die Operation ist für den Vormittag geplant. Man würde mich benachrichtigen, wenn Moses fertig ist.

Ans Arbeiten ist für mich nicht zu denken. Wie ein Tiger im Käfig laufe ich hin und her. Ab dem späten Vormittag werde ich zunehmend unruhiger. „Jetzt müsste er doch fertig sein. Warum rufen die nicht an?", frage ich mich. Ich warte. Um 14.00 Uhr reißt mein Geduldsfaden und ich rufe in der Klinik an. Moses würde erst um 15.00 Uhr in den OP kommen, teilt man mir mit. Immerhin lebt er noch, sonst würden sie ja nicht anfangen wollen. Aber wie geht es ihm dort? So alleine! Er weiß ja gar nicht, warum er plötzlich nicht mehr mit nach Hause durfte. Ich mache mir Sorgen und es geht mir nicht gut damit. Ab 15.00 Uhr schaue ich andauernd immer wieder wie gebannt auf die Uhr und versuche Moses gedanklich beizustehen. Natürlich weiß ich nicht, ob er das merkt. Aber mir hilft es. Meine Anspannung hat ein Ventil. Ich schicke all meine Gedankenenergie zu unserem Hund. Dann endlich, ungefähr zweieinhalb Stunden später, ruft man mich an und teilt mit, dass die OP gut verlaufen sei und es Moses gut geht. Man müsse ihn über Nacht jedoch noch da behalten und beobachten. Ich könne ihn am nächsten Tag am späten Vormittag abholen.

All die Steine, die mir und meiner Familie vom Herzen fallen, müssen ein Erdbeben ausgelöst haben.

Alles wird gut

Moses hat alles gut überstanden und ist wieder richtig munter. Und wir sind erleichtert und froh. Die Operationsnarbe verheilt gut. Am Bauch, wo man ihn aufgeschnitten hatte, wurde das Fell abrasiert. Wenn er sitzt, sieht man jetzt seine rosafarbene Haut. Irgendwie sieht das lustig aus. Ich wundere mich, dass er trotzdem im Winter gerne draußen liegt und ihm offenbar an der Stelle nicht kalt wird. Er kann jederzeit in seine Hütte gehen oder ins Haus kommen. Aber er bleibt draußen. Er ist echt ein harter Kerl.

Fünf Jahre ist Moses nun bei uns. Wir sind inzwischen ein eingespieltes Team. Moses hat sehr schnell unseren Tagesrhythmus heraus gefunden und sich angepasst. Wenn ich einmal in der Woche zum Einkaufen fahre, wozu ich ihn nicht mitnehmen kann, bekommt er das gleich mit und geht von sich aus auf seinen Platz. Sobald wir das Auto für eine Fahrt in die Heide klar machen, springt er hinein, damit wir ihn ja nicht vergessen. Er will immer dabei sein. Als er neu bei uns war, hat mein Mann einmal die Heckklappe des Autos offengelassen. Erst als wir den Hund suchten, bemerkten wir, dass er sich in ein flaches Fach der Kofferraumunterteilung hineingequetscht hatte.

Dann erfüllen wir uns den lang ersehnten Wunsch einer Fernreise – ohne Moses. Nicht, weil wir ihn nicht dabei haben wollen, sondern weil es nicht möglich ist, den Hund per Flieger ins Ausland mitzunehmen. Also müssen wir eine Unterkunft für ihn finden.

Gute Hundepensionen sind anscheinend rar, vor allem solche, die unkastrierte Rüden nehmen. Ich weiß nicht, wie andere Hundebesitzer das machen. Erst nach langem Suchen finden wir außerhalb unseres Wohnortes einen Platz für ihn. Da Moses ein sehr hübscher, den Menschen zugetaner Hund ist, findet die Tochter des Pensionsinhabers schnell Gefallen an ihm und er fühlt sich dort offenbar wohl. Als wir ihn wieder abholen, ist er fröhlich und gut gelaunt wie immer.

Und es kam schlimmer

Es ist noch Hochsommer und wunderbar warm. Wir sind gerade zurück von unserer Reise und ich hänge draußen auf dem Hof Wäsche auf einen Wäscheständer. Moses liegt völlig entspannt im Schatten auf der Terrasse und döst. Hin und wieder brummt bereits eine Wespe vorbei oder die eine oder andere verspätete Hummel findet Gefallen an den letzten Blüten einer Weigelie. Im Frühjahr liegt Moses häufig unter diesem Busch. Er hat die Angewohnheit, nach den Hummeln zu schnappen. Mir gefällt das nicht, denn die Tierchen sind harmlos. Sie treten im Frühling in großer Zahl auf und summen von Blüte zu Blüte. Moses hat sich im Laufe der Zeit regelrecht einen Sport daraus gemacht, die Hummeln zu fangen und sie zu zerbeißen. Manchmal spuckt er sie aus, um sie dann erneut aufzunehmen und noch mal mit den Vorderzähnen auf ihnen herum zu kauen, bis sie regungslos am Boden liegen. Sobald ich das sehe, schimpfe ich mit ihm und er lässt dann auch davon ab. Doch ich habe ihn ja nicht unter ständiger Beobachtung und befürchte, dass er irgendwann einmal gestochen werden könnte. Gerade als ich aufsehe, um ein neues Wäschestück aufzuhängen, bemerke ich, dass Moses, der eben noch friedlich schlief, wieder nach etwas schnappt. Außerdem streckt er immer wieder seine Zunge heraus, so als wolle er etwas an seinen Schneidezähnen von ihr abstreifen. Es sieht ganz eigenartig aus. Ich denke sofort, dass ihn etwas gestochen hat. Er steht auf, immer noch mit der Zunge arbeitend und kommt auf mich zu. Dann bleibt er stehen und sinkt zuckend zusammen, Schaum bildet sich an seiner Schnauze und er ringt nach Luft. Ich denke immer noch an einen Insektenstich, womöglich im Hals, der gerade zuschwillt und ihm das Atmen unmöglich macht. Ich schreie nach meinem Mann und kann vor Entsetzen nur noch die Hände vors Gesicht schlagen. Ich habe furchtbare Angst, dass Moses jetzt stirbt. Es ist grauenvoll, mit ansehen zu müssen, wie unser schöner Hund hilflos am Boden liegt und krampft und zuckt. Wir wissen nicht, was wir tun sollen. Wir können nur hilflos dabei stehen. Und dann, nach einer gefühlten Ewigkeit, beruhigt Moses sich wieder. Er atmet glücklicherweise noch, aber schnell und hektisch und er reagiert nicht auf Ansprache. Dann richtet er Kopf und Oberkörper langsam auf und guckt schräg in die Gegend. Ich habe nicht den Eindruck, dass er weiß, was los ist und wo er sich befindet. Verwirrt steht er auf und läuft in den Garten. Wir hinterher. Im Garten rennt Moses orientierungslos herum, meistens im Kreis. Es dauert einige Zeit lang, bis er sich soweit beruhigt hat, dass wir ihn anfassen und streicheln können. Erst dann sind wir in der Lage, seine Schnauze auf einen Insektenstich hin zu untersuchen. Doch er hat keinen.

„Was war das?" Mein Mann und ich sehen uns ratlos an. Wenn es kein Stich war, muss es etwas anderes gewesen sein. Das ganze erinnert mich an Erzählungen unserer Nachbarin, die früher einen Bobtail besaß, der regelmäßig epileptische Anfälle bekam. Ich recherchiere wieder im Internet, und als

Moses zwei Tage später erneut so einen Anfall bekommt und in der Woche darauf weitere, die mit anzusehen für uns kaum zu ertragen sind, bringen wir ihn in die Tierklinik. Meine Recherche ergibt, dass Collies häufig von epileptischen Anfällen heimgesucht werden. Meistens tritt dieses Krankheitsbild jedoch schon in jungen Jahren auf. Moses ist aber schon zehn Jahre alt. Wahrscheinlich ist er ein Collie-Mischling. Vielleicht tritt diese Anomalie deshalb erst jetzt auf, überlege ich. Alternativ finde ich bei meiner Recherche noch die Möglichkeit eines Tumors im Gehirn. Auch kein schöner Gedanke. Feststellen könne man so etwas aber nur durch teure und komplizierte Röntgen- oder MRT-Aufnahmen. Behandeln kann man das nicht. Also lassen wir die Untersuchungen bleiben. Man würde ein Tier ja auch keiner Chemotherapie unterziehen. Anstelle dessen probieren wir Medikamente gegen Epilepsie aus. Zum Glück wirken sie gut. Es jedoch ist nicht einfach, die Tabletten in den Hund hinein zu bekommen. Moses ist ja nicht gierig und verfressen und schnuppert deshalb argwöhnisch an den präparierten Häppchen, die wir ihm hinhalten. Wir probieren alle möglichen Wurstsorten aus. Mit Leberwurst funktioniert es endlich. Moses bekommt anfangs trotz ausreichender Dosierung ab und zu noch leichte Zuckungen. Sie sind kein Vergleich mit den Anfällen, aber auch nicht wirklich schön. Deshalb bestelle ich zusätzlich CBD-Tropfen für Tiere. Das sind Tropfen aus Hanf ohne berauschende Wirkung, die leicht beruhigend auf das Nervensystem wirken,. Sie sind beliebt für Hunde, die an Silvester große Ängste haben oder in anderen

Situationen schnell nervös werden. Diese Tropfen helfen gut. Höher will man das Medikament nämlich nicht dosieren, denn für seine Größe und sein Gewicht bekommt Moses die richtige Menge. Ab und zu, meistens beim Spielen, hat er seine Hinterbeine schon nicht mehr unter Kontrolle und sackt leicht weg. Auch würde er wohl nicht mehr joggen können, so prophezeien die Ärzte. Aber nach einer Weile, medikamentös eingestellt und an das tägliche Leberwurstritual gewöhnt, geht es Moses wieder sehr gut. Und er joggt doch täglich weiter mit meinem Mann. Nicht mehr ganz so große Runden und nicht mehr so schnell, aber immerhin. Er lässt sich wirklich nicht unterkriegen.

Ein eingespieltes Team

Inzwischen ist Moses dreizehneinhalb Jahre alt. Er ist alt geworden, obwohl man es ihm auf Anhieb nicht ansieht. Sein Fell ist immer noch schön und hell und er guckt immer noch sehr freundlich und ausdrucksstark. Beim Spaziergehen läuft er weiterhin locker trabend voraus. Joggen ist jetzt nicht mehr so sein Ding, aber er läuft mit, hält jedoch häufig an, um zu schnüffeln. Ich glaube, bei Menschen nennt man das die „Schaufensterkrankheit". Tagsüber liegt er gerne draußen herum und schläft. Wenn Besucher kommen, steht er meist nicht mal mehr auf, um sie zu begrüßen. Er öffnet dann häufig nur noch ein Auge. Zum Ball spielen hat er immer noch Lust, aber es reicht ihm zwei bis dreimal hin und her zu rennen.

Irgendwann habe ich damit begonnen, ihm einmal in der Woche vom Einkaufen ein Wienerwürstchen mitzubringen. Doch einmal vergaß ich es und bot ihm dafür alternativ ein Würstchen aus dem Glas an. Da die restlichen Würste nicht so lange haltbar sind, bekam er in den darauf folgenden Tagen zur Mittagszeit weitere Snacks. Und so gewöhnte er sich an seine mittägliche Zwischenmahlzeit. Inzwischen fordert er das sogar ein. Offenbar hat er eine innere Uhr, denn er steht mittags vor der Tür und guckt mich so lange an, bis mir einfällt, was er möchte. Oder er kommt ins Haus, geht zum leeren Futternapf, schaut hinein und wirft mir danach einen leicht vorwurfsvollen Blick zu. Manchmal macht er es auch wie die Katze und kommt zu mir, schleckt mit seiner Zunge über seine Schnauze und schaut mich einfach nur erwartungsvoll an. Die Katze blinzelt noch dazu, so als könne sie kein Wässerchen trüben. Auch sie mag Würstchen, wer hätte das gedacht.

Seit es wieder sehr früh dunkel wird, hat Moses sich angewöhnt, bereits nachmittags ins Haus zu kommen, sicher ist sicher. Häufig steht er schon um siebzehn Uhr nach der Gassirunde vor der Tür und möchte, dass man ihm den Fernseher anschaltet. Tut man das nicht, geht er stetig mit auf dem Fußboden klappernden Krallen hin und her. Alles muss dann richtig sein. Auch seine Zweitmatte, die wir angeschafft haben, weil er sonst auf dem glatten Parkett nicht mehr so gut aufstehen kann, muss ausgebreitet werden. Dann legt er sich hin und döst bei flimmerndem Bildschirm und leisem Fernsehgebrabbel. Ein Hund ist halt auch nur ein Gewohnheitstier.

Die Katze ist ähnlich veranlagt. Sie hat mich sehr schnell dazu gebracht, ihr morgens im Badezimmer frisches, kaltes Wasser in meiner Handschale anzubieten. Ich habe lange geübt, bis ich wusste, wie ich die Hand halten muss, um ihre Schnurrbarthaare nicht zu verbiegen. Diese drei bis vier Minuten, die sie braucht, um ihren Durst zu stillen, kalkuliere ich inzwischen täglich in meinen Zeitplan ein.

Beide Haustiere, Hund und Katze, sind starke Persönlichkeiten. Sie kommunizieren mit uns und miteinander. Beide tun uns sehr gut, jedes auf seine Weise, wir ihnen bestimmt auch. Sie gehören zu unserem Leben. Sie sind friedlich miteinander. Und nicht nur das, im Falle eines Falles arbeiten sie sogar zusammen. Es gab vor Corona eine Situation, die bezeichnend dafür ist. Ich war für ein paar Tage nicht zu Hause und mein Mann kam ungeplant wesentlich später von der Arbeit als sonst zurück. Er erzählte mir, dass er die Küchentür offen vor fand und den Hund oben im ersten Stock in der verbotenen Zone, in unserem Schlafzimmer. Normalerweise bekommen beide Tiere gegen siebzehn Uhr ihr Futter. Wir glauben, dass Misu irgendwann die Tür zum Raum, in dem Moses sich aufhielt, mit einem ihrer geschickten Sprünge auf die Klinke öffnete. Und weil noch niemand nach Hause gekommen und alles dunkel war, beschlossen beide gemeinsam einmal nachzusehen, was da los sein könnte und ob wir nicht vielleicht doch oben wären. Die steile Treppe hinauf schaffte Moses locker, aber hinunter traute er sich nicht mehr allein. Später, als mein Mann zurück war, legte er ihm sein Geschirr um und half ihm hinab. Dann war alles wieder gut. Hund und Katz bekamen ihr Futter und Streicheleinheiten, Misu ging auf Mäusejagd und Moses döste nach einer kurzen Gassirunde vor dem Fernseher.

Ich geh dann mal mit Moses

Unsere Haustiere geben unserem Leben Struktur. Ohne den Hund würde ich nicht täglich spazieren gehen, schon gar nicht bei Regen, Kälte und Glätte. Durch ihn habe ich erfahren, wie schön ein Spaziergang in menschenleeren, regennassen Straßen sein kann. Meistens reicht nur ein Blick, um zu klären, in welche Richtung wir weitergehen wollen. Diese Vertrautheit zwischen uns, diese nonverbale Kommunikation, die auch von großer Nähe zeugt, macht mich glücklich.

Ich spüre den leichten Regen im Gesicht und den starken Wind an meiner Kleidung zerren. Wir begegnen im Herbst häufig Igeln, die hier in der Umgebung offenbar zu Hause sind, und retten einmal ein Igeljunges, das mitten auf der Straße sitzt und sich nicht wegbewegen will. Im Winter sehe ich Büsche und Straßen, von Raureif bedeckt, im Laternenlicht glitzern. Im Frühling nehme ich den intensiven Duft der blühenden Bäume und Frühlingsblumen wahr. Im Sommer höre ich die Vögel zwitschern, sogar den Gesang der Nachtigall und den seltenen Ruf eines Grünspechtes. Tatsächlich kann ich ihn sogar mehrmals in den Straßenbäumen ausmachen.

Manchmal frage ich mich, was ich tun werde, wenn Moses einmal nicht mehr da ist. Werde ich dann faul sein, mich in düsteren Zeiten verkriechen und unter Bewegungsmangel leiden? Oder werde ich einen neuen Hund anschaffen, der mich mit seinen Bedürfnissen aus meiner Lethargie reißt? Was auch

immer, ich werde jedenfalls nicht mehr sagen
können: „Ich geh dann mal mit Moses." Denn diesen
Hund gibt es nur einmal.

Zeitfracht Medien GmbH
Ferdinand-Jühlke-Straße 7
99095 Erfurt, Deutschland
produktsicherheit@kolibri360.de